Vente du vendredi 19 décembre 1884

CATALOGUE

D'UN CHOIX DE

BEAUX LIVRES

PROVENANT DE LA

BIBLIOTHÈQUE DE M. E. M. DE C.

PARIS

A. DUREL, LIBRAIRE

9 ET 11, PASSAGE DU COMMERCE, 9 ET 11

21, RUE DE L'ANCIENNE-COMÉDIE, 21

1884

CATALOGUE

D'UN CHOIX DE

BEAUX LIVRES

LA VENTE AURA LIEU

Le Vendredi 19 Décembre 1884, à deux heures

HOTEL DES COMMISSAIRES-PRISEURS

RUE DROUOT, SALLE Nº 3, AU 1ᵉʳ ÉTAGE

Par le ministère de Mᵉ MAURICE DELESTRE, commiss.-priseur
rue Drouot, 27

Assisté de M. A. DUREL, libraire, 9 et 11, passage du Commerce
21, rue de l'Ancienne-Comédie

CONDITIONS DE LA VENTE

La vente se fait au comptant.

Les acquéreurs paieront 5 p. 100 en sus des enchères applicables aux frais.

Les livres devront être collationnés sur place dans les vingt-quatre heures de l'ajudication. Passé ce délai, ou une fois sortis de la salle de vente, ils ne seront repris pour aucune cause.

M. A. DUREL, chargé de la vente, remplira les commissions des personnes qui ne pourraient y assister

M. A. DUREL se réserve la faculté de réunir en un seul lot tels articles du Catalogue qu'il jugera utile à l'intérêt de la vente.

Paris. — Typ. G. Chamerot, 19, rue des Saints-Pères. — 17067.

CATALOGUE

D'UN CHOIX DE

BEAUX LIVRES

PROVENANT DE LA

BIBLIOTHÈQUE DE M. E. M. DE C.

PARIS

A. DUREL, LIBRAIRE

9 ET 11, PASSAGE DU COMMERCE, 9 ET 11
21, RUE DE L'ANCIENNE-COMÉDIE, 21

1884

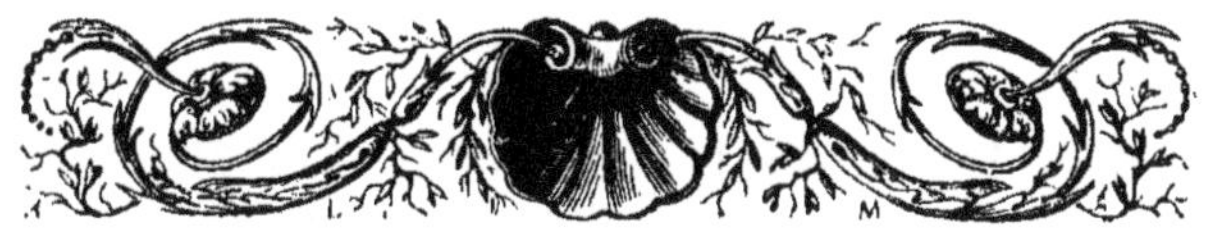

CATALOGUE

BEAUX LIVRES

PROVENANT DE LA

BIBLIOTHÈQUE DE M. E. M. DE C.

THÉOLOGIE

ÉCRITURE SAINTE. — THÉOLOGIENS

LA Sainte Bible, traduite sur les textes originaux avec les différences de la Vulgate. *A Cologne, aux dépens de la Compagnie*, 1739, pet. in-8 à 2 colonnes, titre gravé, mar. vert jans. dent. int. tr. dor. (*Capé.*)

2. LA SAINTE BIBLE, contenant l'Ancien et le Nouveau Testament, traduite en françois sur la Vulgate, par Le Maistre de Saci. Nouvelle édition, ornée de 300 figures, gravées d'après les dessins de M. Marillier. *Paris, Defer de Maisonneuve (de l'imprimerie de Monsieur)*, 1789, 12 vol. gr. in-8, fig. et carte, demi-rel. dos et coins de mar. La Val. tête dor. non rog.

Exemplaire au chiffre du prince d'Essling.

3. Novum Testamentum graece. Ex bibliotheca regia. *Lutetiae, ex officina R. Stephani...*, 1549, pet. in-8, mar. r. fil. dos orné, tr. dor.

Jolie reliure ancienne.

4. Testamenti novi editio vulgata. *Lvgdvni, apvd Haeredes Seb. Gryphii*, 1560, pet. in-12, figures sur bois, mar. r. fil. à fr. dent. int. tr. dor. (*Thompson.*)

Bel exemplaire.

5. L'Histoire du Vieux et du Nouveau Testament, représentée avec des figures et des explications édifiantes, tirées des saints Pères, pour régler les mœurs dans toute sorte de conditions, dédié à Mgr le Dauphin, par le sieur de Royaumont, nouv. édit. *Paris, P. Le Petit*, 1671, in-4, v. f. fil. tr. dor.

Belles épreuves des figures.

6. Ces presentes heures a lusaige de Chartres ‖ sont au long sans rien ‖ requerir : auec les

mira ‖ cles nostre dame ⁊ les figures de lapo-
calipse ⁊ de ‖ la bible ⁊ des triumphes de Cé-
sar.| Calendrier de (M) V cens VIII à (M) V cens
XXVIII. (*Paris*), Simon Vostre, in-8 de 88 ff.
fig. veau br. fil. dos orné, tr. dor.

Très rare, incomplet de 3 ff. du cahier *C*. Le cahier *D*
entier, 2 ff. du cahier *E* et 2 ff. du cahier *F*.

Chaque feuillet est encadré de figures tirées de l'Ancien et du Nouveau Testament, et d'arabesques mêlées
aux figures de l'Apocalypse. Sur le premier feuillet la
marque de *Simon Vostre*, au recto du second feuillet
l'*Homme anatomique* ayant entre les jambes un *fol age-
nouillé de senestre*. Le calendrier occupe 13 feuillets;
au verso du 13° une grande figure non encadrée re-
présente *Jésus instituant l'extrême-onction*. Le livre est
en outre orné de dix autres grandes figures et quatre
plus petites encadrées; les principales représentent:
*l'Arrestation de Jésus, l'Arbre généalogique de la Vierge,
la Descente du Saint-Esprit, l'Annonciation aux Bergers,
l'Adoration des Mages* et *l'Adoration des Bergers, la
Circoncision, la Fuite en Égypte, David chantant les
pseaumes, l'Adoration du divin sang de Jésus, la Vierge
allégorique* et *la Mise au tombeau de Jésus*.

Les cinq derniers ff. du cahier Lh-i.iii, le cahier
Lh-ki et les huit premiers ff. du cahier Lh-li sont enca-
drés dans la marge extérieure de 87 vignettes de la
Danse des Morts.

7. Thomae a Kempis, canonici regularis ord. S.
Augustini, de Imitatione Christi, libri quatuor.
Lugduni, apud Joh. et Dan. Elzevirios, s. d.,
pet. in-12, front. gravé, mar. r. ornem. sur les
pl. dos orné, tr. dor. (*Rel. anc.*)

Jolie édition elzévirienne, très recherchée. Hauteur:
125 millim. De la bibliothèque de M. J.-A.-J. Delignières
de Rommy, d'Abbeville.

8. L'Imitation de Jésus-Christ, traduite et paraphrasée en vers françois, par P. Corneille. *A Bruxelles, chez François Foppens*, 1665, in-12, mar. rouge jans. dent. int. tr. dor. (*Capé.*)

9. Petit Carême de Massillon, évêque de Clermont. Imprimé par ordre du Roi pour l'éducation de Monseigneur le Dauphin. *Paris, de l'imprimerie de Didot l'aîné*, 1789, in-4, mar. r. dent. int. tr. dor. (*Rel. anc.*)

10. Les Provinciales, ou Lettres escrites par Louis de Montalte à un provincial de ses amis et aux RR. PP. Jésuites sur le sujet de la morale et de la politique de ces Pères (par Blaise Pascal). *Cologne, chés Pierre de La Vallée*, 1657, pet. in-12, mar. r. dent. dos orné, tr. dor. (*Rel. anc.*)

> Jolie édition elzévirienne, très recherchée, et la première sous cette date.

11. Figures des différents habits des Chanoines réguliers, en ce siècle. Avec un discours sur les habits anciens et modernes des chanoines tant séculiers que réguliers, par le P. C. Du Molinet, chan. rég. de la Congrég. de France. *A Paris, chez Simeon Piget*, 1666, in-4, fig. veau porph. dos orné, tr. r. (*Rel. anc.*)

JURISPRUDENCE

E l'Esprit des Loix ou du Rapport que les Loix doivent avoir avec la Constitution de chaque Gouvernement, les Mœurs, le Climat, la Religion, le Commerce, etc. (par Montesquieu). *A Genève, chez Barillot et fils, s. d. (1748). 2 vol.* in-4, veau marb. dos orné, tr. rouges.

Édition originale.

SCIENCES ET ARTS

I. MORALE. — ÉDUCATION

SSAIS DE MESSIRE MICHEL, SEI-
GNEUR DE MONTAIGNE, Chevalier
de l'ordre du Roy, et Gentil-homme
ordinaire de sa chambre, Maire et
et Gouverneur de Bourdeaus. Édition seconde,
reveue et augmentée. *A Bourdeaus, par S. Millanges, imprimeur ordinaire du Roy*, 1582, petit
in-8, parchemin.

Édition précieuse, presque aussi rare que la première
et mieux imprimée. Elle fut revue, corrigée et augmentée par Montaigne, et pour cette raison peut être con-
sidérée encore comme une édition originale. Transposi-
tion de quelques feuillets à la fin du volume.

14. Les Essais de Michel, seigneur de Montaigne,
nouvelle édition exactement purgée des défauts
des précédents, selon le vray original; et enrichie et augmentée aux marges des noms des
autheurs qui y sont citez, et de la version de

leurs passages ; avec des observations très importantes et nécessaires pour le soulagement du lecteur. Ensemble la vie de l'autheur, et deux tables, l'une des chapitres, et l'autre des principales matières de beaucoup plus ample et plus utile que celles des dernières éditions. *A Bruxelles, chez François Foppens*, 1659, 3 vol. in-12, front. gr. mar. r. fil. comp. dos orné, gardes en soie, tr. dor. (*Bozérian jeune.*)

15. De la Sagesse, livres trois, par M. Pierre Le Charron, Parisien, chanoine theologal et chantre en l'église cathédrale de Condom. *A Bourdeaus, par Simon Millanges, imprimeur ordinaire du Roy*, 1601, in-12, mar. r. fil. dos orné, tr. dor. (*Rel. anc.*)

Édition originale. Cette édition renferme plusieurs passages qui ont été ou supprimés ou adoucis et rectifiés dans l'édition de Paris, 1604. Aux armes du prince Palatin, duc de Berkenfeld.

16. De la Sagesse, trois livres, par Pierre Charron. *A Leide, chez les Elzeviers*, 1646, pet. in-12, fil. dent. int. tr. dor. (*Trautz-Bauzonnet.*)

Bel exemplaire grand de marges. — Hauteur, 131 millimètres.

17. De la Sagesse, trois livres, par Pierre Charron. *A Leide, chez Jean Elzevier, s. d.*, pet. in-12, titre gravé, mar. rouge, dos orné, fil. tr. dor. (*Rel. anc.*)

18. Réflexions ou Sentences et Maximes morales

(de La Rochefoucauld). Troisième édition, re-
vcue, corrigée et augmentée. *A Paris, chez
Claude Barbin*, 1671, in-12, front. gr. — Nouvelles Réflexions ou Sentences et Maximes
morales, seconde partie. *A Paris, chez Claude
Barbin*, 1678, in-12, front. gr. — Ensemble
1 vol. in-12, mar. r. jans. dent. int. tr. dor.
(*Duru.*)

19. Les Caractères de Théophraste. Avec les Caractères ou les Mœurs de ce siècle (par La
Bruyère). Cinquième édition, augmentée de
plusieurs remarques. *A Paris, chez Est. Michallet*, 1690, in-12, mar. r. fil. dos orné, dent. int.
tr. dor. (*Chambolle-Duru.*)

> Bel exemplaire.

20. Les Caractères de Théophraste, traduits en
grec, avec les Caractères ou les Mœurs de ce
siècle (par La Bruyère). Neuvième édition revue
et corrigée. *Paris, chez Estienne Michallet*, 1696,
in-12, mar. br. jans. dent. int. tr. dor. (*Cuzin.*)

> Bel exemplaire, de la dernière édition donnée du vi-
> vant de l'auteur et la plus complète.

21. Les Mœurs (par Toussaint). *S. l.*, 1748, 3 part.
en 1 vol. in-12, front. gr. et vign. sur les titres,
mar. vert, fil. à fr. tr. dor. (*Rel. anc. genre Derome.*)

> Bel exemplaire. Au bas de plusieurs pages se trou-
> vent des notes manuscrites du temps, formant une clef
> intéressante des noms qui figurent dans l'ouvrage.

22. Éducation des Filles, par Monsieur l'abbé de
Fénelon. *A Paris, chez Pierre Aubouin*, 1687,
pet. in-8, mar. r. fil. dos orné, dent. int. tr.
dor. (*Hardy.*)

> Édition originale. Bel exemplaire.

II. SCIENCES MÉDICALES. — MAGIE

23. La Cure de medecine contre la pierre et la
gravelle, très excellent, bien approuvé de plusieurs notables aucteurs en medecine. Translate
de latin en francoys par maistre Pierre de la
Forest, médecin Montpellier, natif de Neuersi.
*On les vend à Paris en la rue Neufve Nostre-Dame
à l'enseigne de lescu de France*, 1538. — Le Tré-
sor du remède preseruatif et guarison bien
experimentee de la peste fiebure pestilentiale :
auec la declaration dont procedent les gouttes
naturelles comme elles doibuent retourner :
et aussi auscunes allegations et receptes sur le
mal caduque, pleuresies et apoplexies; et ce
quil appartient scauoir a ung parfaict medecin.
Compose par maistre Jehan Thibault, medecin
et astrologue de l'Imperiale Maiesté. A present
en la ville de Paris. *Imprime nouuellement l'an*
1544. — L'Arbre de consanguinite fort utile et
proffitable, cōpose par venerable pere frere
Jehan le Maignen de lordre des freres mineurs.
Imprime nouuellement à Paris pour Denis Ianot,

s. d. — Ensemble 3 vol. pet. in-8, goth. mar. br. jans. dent. int. tr. dor. (*Lortic.*)

24. Problemes d'Aristote et autres filozofes et medecins selon la composition du corps humain. Auec ceux de Marc Antoine Zimara. Item, les solutions d'Alexandre Aphrodisee, sur plusieurs questions physicales (trad. par Georges de la Bouthière). *A Lion, par Ian de Tournes,* 1554, in-8, mar. br. comp. à fr. dent. int. tr. dor. (*Duru et Chambolle.*)

25. Traité du Ris, contenant son essence, ses causes, et mervelheus (sic) essais, curieusement recherchés, raisonnés et observés, par M. Laur. Joubert. Item la cause morale du Ris de Democrite, expliquée et temoignée par Hippocras. Plus un Dialogue sur la Cacographie française, avec des Annotacions sur l'orthographie de M. Joubert. *A Paris, chez Nic. Chesneau,* 1579, in-8, vélin.

26. Discovrs des Sorciers. Tiré de quelques procez, faicts des deux ans en çà à plusieurs de la mesme secte, en la terre de S. Oyan de Ioux, dicte de S. Claude au Comté de Bourgongne. Auec une instruction pour un Iuge en faict de Sorcelerie, par Henry Bogvet, grand Iuge en la susdicte terre. Seconde édition augmentée et enrichie par l'auteur de plusieurs autres procez, histoires et chapitres. *A Lyon, par Jean*

Pillehotte, 1603, *avec privilège du Roy*, in-8,
mar. viol. fers à fr. (*Vogel.*)

> Livre curieux.

III. BEAUX-ARTS

27. Panchrestographie. Exemples de toutes les
sortes d'escritures plus utiles et nécessaires en
France, etc., par Jean de Beaugrand, escrivain
du roy et de ses bibliothèques. (*Paris, s. d.*)
in-4, obl. vélin.

> Recueil d'exemples de différentes écritures, en 51 plan-
> ches y compris le titre, gravées par Firens, une dédi-
> cace au roi et à la reine en vers, une épître dédicatoire
> au Dauphin, une instruction pour le lecteur et le privi-
> lège du roy.

28. ICONOLOGIE par figures, ou Traité complet
des Allégories, Emblèmes, etc. Ouvrage utile
aux artistes, aux amateurs, et pouvant servir à
l'éducation des jeunes personnes, par MM. Gravelot et Cochin. *Paris, chez Le Pan, s. d.*,
4 vol. in-8, fig. mar. bleu, dos orné, fil. dent.
int. tr. dor. (*Thibaron.*)

> Exemplaire avec le cachet de la Bibliothèque du roi
> Louis-Philippe (Neuilly).

29. Habiti antichi et moderni di tutto il Mondo,
di Cesare Vecellio il Sessa, di nuovo accrescinti
di molte figure. — Vestitus antiquorum, recen-
tiorumque totius Orbis, per Substatium Grati-
lianum Senapolentis latine declarati. *In Vene-*

lia, 1598, *appresso Gio Bernardo Sessa*, in-8, vélin.

> Livre rare et fort curieux pour les nombreuses et belles gravures sur bois dont il est orné. Cette seconde édition est beaucoup plus complète que la première, datée de 1590. Elle contient 506 planches; la première n'en contient que 420.

30. Traité des principes de l'art de la coëffure des femmes... deuxième édition augmentée d'un projet d'une école générale de coëffure, dédié au beau sexe, par Lefèvre, maître coëffeur breveté. *Paris, chez l'auteur*, 1783, pet. in-8, mar. bl. jans. dent. int. tr. dor. (*Thibaron.*)

31. La Forge de Vulcain, ou l'Appareil des machines de guerre. Traité curieux, dans lequel on fait voir comme en raccourci quels sont les instrumens militaires, leur forme, leur matière et leur composition, etc., par le chevalier de Saint-Julien. *La Haye, Guill. de Voys*, 1606. in-8, figures en bois, mar. r. fil. dos orné, dent. int. tr. dor. (*Hardy-Mennil.*)

> Bel exemplaire. Aux armes de M. le comte de Mornay-Soult.

32. Le Nouveau Newcastle, ou Nouveau Traité de cavalerie, géométrique, théorique et pratique (par Cl. Bourgelat). *A Lausanne et à Genève, chez Bousquet*, 1744, in-8, mar. ol. petits fers, dos orné, tr. dor. (*Rel. anc. avec armoiries.*)

BELLES-LETTRES

I. AUTEURS GRECS ET LATINS

Hortulus puerorum pergratus ac perutilis, Latine discentibus. Summa capitia pagellæ septima et seq. indicant. Adjecimus duos in calce Dialogos cum quorumdam ludorum explicatione. Petit Jardin, pour les enfans fort agreable et profitable pour aprendre latin. *Parisiis, apud Hubertum Hunot, e regione Collegii Rhemensis, ad Pocula passerum*, 1606, in-12, mar. bl. fil. à fr. dent. int. tr. dor. (*Capé*.)

34. Anacréon, Sapho, Bion et Moschus, traduction nouvelle en prose, suivie de la Veillée des Fêtes de Vénus, et d'un choix de pièces de différents auteurs, par M. M*** C*** (Moutonnet-Clairfond). *A Paphos et se trouve à Paris, chez Le Boucher*, 1773, gr. in-8, demi-rel. dos et

coins de mar. vert, dos orné, fil. **tr. dor.** (*Chipot.*)

Ouvrage orné de 2 figures frontispices par Eisen, gravées par Massard et Duclos ; 12 vignettes et 13 culs-de-lampe par Eisen, gravées par Massard.

35. L'Iliade d'Homère, traduite en françois, avec des remarques, par Madame Dacier. Nouvelle édition, revue et corrigée, où l'on a mis les remarques sous le texte. *Amsterdam, aux dépens de la Compagnie*, 1712, 3 vol. fig. — L'Odyssée d'Homère, traduite en françois, avec des remarques, par Madame Dacier. Nouvelle édition, revue et corrigée, où l'on a mis les remarques sous le texte. *A Amsterdam, aux dépens de la Compagnie*, 1717, 3 vol. fig. — Ensemble 6 vol. in-12, fig. mar. vert, fil. tr. dor. (*Rel. anc.*)

36. L'Iliade et l'Odyssée d'Homère, trad. en françois par M. D... (Mme Dacier). *Selon la copie imprimée à Paris*, 1713, 4 vol. in-12, figures, mar. vert, fil. dos orné, tr. dor. (*Rel. anc.*)

37. P. Virgilii Maronis Opera nunc emendatiora. *Lugd. Batavor., ex officina Elzeviriana*, 1636, petit in-12, mar. r. pet. fers, dos orné, doublé de tabis, tr. dor.

38. LES MÉTAMORPHOSES D'OVIDE, en latin et en françois, de la traduction de M. l'abbé Banier, avec des explications historiques. *Paris,*

chez Pissot, 1767-1771, 4 vol. in-4, fig. veau
marb. dos orné, tr. rouges.

Exemplaire du premier tirage.

Ouvrage orné de 140 figures, dont 1 frontispice,
3 planches de dédicace, 1 fleuron sur le titre de chaque
volume, 30 vignettes et 1 superbe cul-de-lampe à la fin
du dernier volume. Les figures, dessinées par Boucher,
Eisen, Gravelot, Leprince, Monnet, Moreau, Parizot et
Saint-Gois, sont gravées par Baquoy, Bazan, De Ghendt,
Lemire, Masquelier, Ponce, Saint-Aubin, etc., etc.
Le frontispice, les planches de dédicace, le cul-de-
lampe, les fleurons des trois premiers volumes et 26 vignettes sont de Choffard. Le fleuron du quatrième
volume et 4 vignettes sont de Monnet, gravés par
Choffard.

39. **Phaedri Aug. liberti fabularum Aesopiarum
libri V, notis illustravit in usum serenissimi
principis Nassavii David Hoogstratanus.** *Am-
stelaedami, Halmae,* 1701, in-4, fig. veau fauve,
dos orné, fil. tr. dor. (*Rel. anc.*)

Bel exemplaire orné d'un frontispice de Gœree, gravé
par Boutats; 1 fleuron sur le titre, non signé; 1 portrait
de Jean-Guillaume, prince de Nassau, par Vaillant,
gravé par Van Gunst; 6 vignettes, 31 culs-de-lampe,
mais dont beaucoup se répètent, 9 lettres ornées et
18 figures composées chacune de 6 médaillons à sujets,
dessinés et gravés par V. Vranen.

Très belle édition, bien illustrée.

40. **Cl. Claudiani quae exstant Nic. Heinsius.
Dan. F. recensuit ac notas addidit. Accedunt
quaedam hactenus non edita.** *Lugduni Batavorum, ex officina Elzeviriana,* 1650, 2 tomes en

1 vol. pet. in-12, réglé, titre gr. mar. r. fil. enc. dos orné. tr. dor. (*Rel. anc.*)

Exemplaire de M. Brunet, 136 millimètres. Reliure ancienne bien conservée.

41. Cl. Claudiani quae exstant. Nic. Heinsius. Dan. F. recensuit ac notas addidit. Accedunt quaedam hactenus non edita. *Lugduni Batavorum, ex officina Elzeviriana*, 1650, 2 tomes en un vol. pet. in-12 mar. bleu, dos orné, fil. dent. int. tr. dor. (*Trautz-Bauzonnet.*)

Bel exemplaire, grand de marges.
Hauteur : 134 millimètres.

42. C. Silii Italici, viri consularis, de Bello Punico secundo libri XVII. Christophorus Cellarius recensuit notis et tabulis geographicis, ac gemino indice, rerum et latinitatis, illustravit. *Lipsiae, apud J. Thomam Fritsch*, 1695, in-12, front. gr. mar. r. fil. dos orné, tr. dor. (*Rel. anc.*)

Aux armes du prince Eugène de Savoie.

II. POÈTES FRANÇAIS

1. DEPUIS LES ORIGINES JUSQU'A NOS JOURS

43. Les Anciens Poëtes françois. *Paris, Ant.-Urbain Coustelier*, 1723-1724, 9 vol. in-12, mar. r. jans. dent. int. tr. dor. (*David.*)

Les Œuvres de François Villon, 1 vol. — La Légende

de maistre Pierre Faifeu, mise en vers par Ch. Bourdigné, 1 vol. — Les Poésies de Guillaume Crétin, 1 vol. — Les Œuvres de Jean Marot, 1 vol. — Les Poésies de Guillaume Coquillart, official de l'église de Reims, 1 vol. — Les Œuvres de M. Honorat de Beuil, chevalier, seigneur de Racan, 2 vol. — Les Poésies de Martial de Paris, dit d'Auvergne, procureur au Parlement, 2 vol.

44. La Dance des aueugles. (A la fin :) *Cy finist le dance des aueugles imprimee a paris Par Le Petit Laurens*, pet. in-4 goth. de 36 ff. non chiffrés, fig. en bois, chagrin rouge, dos orné, fil. à fr. dent. int. non rog.

> Reproduction faite par Adam Pilinski.
> Exemplaire sur PEAU DE VÉLIN.

45. Rondeaux (recueil de 122). Pet. in-8, mar. br. jans. dent. int. tr. dor. (*Chambolle-Duru.*)

> Manuscrit du commencement du XVI⁰ siècle, *sur vélin ;* belle écriture avec lettres initiales or et couleur. Chaque page contient un rondeau. Un grand nombre de ces rondeaux se retrouvent parmi les *Trois cent cinquante rondeaulx* imprimés à diverses reprises pendant la première moitié du XVI⁰ siècle, et qui sont attribués à P. Gringore.

46. Les XXIIII Livres de l'Iliade d'Homère, traduicts du grec en vers françois. Les XI premiers par M. Hugues Salel, abbé de Sainct-Cheron, et les XIII derniers par Amadis Iamyn, secrétaire de la chambre du Roy ; tous les XXIIII reveuz et corrigez par ledit Am. Iamyn, avec le premier et le second de l'Odyssée d'Homère, par Jacques Peletier, du Mans. Plus une table bien ample sur l'Iliade d'Homère. *A Paris,*

pour Lucas Breyer, libraire, 1580, in-12 de 12 ff.
dont 1 blanc, 408 ff. 32 ff. et 24 ff. de table,
dont le dernier est blanc, mar. r. jans. dent.
int. tr. dor. (*Thompson.*)

Très bel exemplaire, grand de marges, 142 millimètres.

47. Les OEuvres de Clément Marot, de Cahors,
valet de chambre du roy ; revuës et augmentées de nouveau. *A La Haye, chez Adrian Moet-
jens,* 1700, 2 vol. petit in-12, veau.

48. Remonstrance à Sagon, à La Hueterie et au
Poete Campestre, par maistre Daluce-Locet,
Pamanchoys. *On la vent au mont Sainct-Hylaire,
devant le collège de Reims, s. d.,* plaquette in-12,
de 8 ff. mar. r. fil. dos orné, dent. int. tr. dor.
(*Capé.*)

Petite pièce curieuse et rare, en vers, relative à la
polémique ou querelle littéraire qui eut lieu au xvie siècle entre Clément Marot, Sagon et La Hueterie. Cette
pièce est une vigoureuse défense de Clément Marot par
le poète Claude Colet, son admirateur (dont le nom
de Daluce-Locet est l'anagramme). Dans ces vers,
comme du reste dans ceux des autres pièces nombreuses
qui parurent dans les deux camps à ce propos, les épi-
thètes *gauloises* ne sont pas épargnées.

49. Six Livres de la Métamorphose d'Ovide, tra-
duictz selon la phrase latine en rime françoise,
sçavoir le III, IIII, V, VI, XIII et XIIII. Le tout
par François Habert d'Yssouldun en Berry, et
par luy présenté au Roy Henry de Valoys,

deuxiesme de ce nom. *Paris, Michel Fezandat,* 1549, pet. in-8, réglé, veau ant. tr. dor. (*Rel. anc. fatiguée.*)

Très rare.

50. Les Trois Nouvelles Déesses Pallas-Juno-Vénus (par F. Habert). *A Paris, imprimerie de Jeanne de Marnef,* 1546, pet. in-12, figures sur bois, mar. vert, fil. dos orné, dent. int. tr. dor. (*Trautz-Bauzonnet.*)

51. Œuvres poétiques de Mellin de Saint-Gelais. *A Lyon, par Ant. de Harsy,* 1574, pet. in-8, veau br.

Aux armes du marquis de Saint-Aignan.

52. La Monomachie de David et de Goliath, ensemble plvsievrs autres œuvres poétiques de Joach. Dvbellay, Angevin. *A Paris, de l'imprime-rie de Federic Morel,* MDLXI, *avec privilège du Roy,* in-4 de 1 f. prél. et 50 ff. chiffrés, le dernier ne l'est pas et porte à son verso le privi-lège daté du dix-huitième iour de Mars, l'an 1559, parchemin.

Édition originale, très bel exemplaire.

53. La Chaste Bergère, pastorale du sieur de La Roque de Clermont en Beauvoisis, reveue, cor-rigée et augmentée de plusieurs Élégies, par le mesme autheur. *Rouen, Raphaël du Petit-Val,* 1602, pet. in-12, mar. rouge, fil. à fr. tr. dor.

Pièce rare.

54. LES TRAGIQUES, donnez au public par le larcin de Prométhée (par A. d'Aubigné). *Au dézert (Genève), par L. B. D. D*, 1616, in-4, mar. rouge jans. dent. int. tr. dor. (*Trautz-Bauzonnet.*)

Édition originale ; superbe exemplaire. De la bibliothèque de M. P. Guy-Pellion.

55. OEuvres de Malherbe, recueillies et annotées par M. L. Lalanne. *Paris, Hachette et Cie*, 1862-1869, 5 vol. in-8 et album, demi-rel. dos et coins de mar. bleu, tête dor. non rog. (*Closs.*)

De la Collection des grands écrivains de France. — Exemplaire en grand papier.

56. Le Cabinet des Muses, ou Nouveau Recueil des plus beaux vers de ce temps. *A Rouen, de l'imprimerie de David du Petit-Val*, 1619, 2 vol. in-12, mar. r. fil. dos orné, dent. int. tr. dor. (*David.*)

57. OEuvres de Nicolas Boileau Despréaux, avec des éclaircissements historiques donnez par lui-même. Nouvelle édition revue, corrigée et augmentée de diverses remarques. Enrichie de figures gravées par Bernard Picard le Romain. *A La Haye, chez P. Gosse et J. Neaulme*, 1729, 2 vol. in-fol. front. gr. et fig. veau br.

58. OEuvres de Boileau. Édition dédiée au Roy. *A Paris, de l'imprimerie et fonderie de Pierre Didot l'aîné*, 1819, in-fol. mar. rouge, dos orné,

fil. doublé de tabis, dent. int. tr. dor. étui.
(*Capé.*)

59. OEuvres de J.-B. Rousseau. Nouvelle édition,
avec un commentaire historique et littéraire,
précédé d'un nouvel essai sur la vie et les écrits
de l'auteur (par M. Amar-Duvivier). *Paris, chez
Lefèvre (imprimerie de Crapelet)*, 1820, 5 vol.
in-8, portr. et fig. demi-rel. dos et coins de
mar. r. fil. dos orné, tête dor. éb. (*Capé.*)

> Superbe exemplaire en grand papier avec les épi-
> grammes libres (tome II, pages 376 et suiv.) On y a
> ajouté le portrait de J.-B. Rousseau, par Ficquet, belle
> épreuve avant toute lettre ; celui gravé par Delvaux, et
> quatre jolies figures par Monnet, Boucher, etc., dans
> les cantates.

60. Poésies nouvelles de monsieur de La Mon-
noye, de l'Académie françoise. *La Haye et se
vend à Paris, chez Briasson*, 1745, in-8, v. f. fil.
dos orné, dent. int. tr. dor. (*Bauzonnet.*)

> Bel exemplaire de M. de La Bédoyère.

61. Poésies de Dorat. *A Genève* (Cazin), 1777,
4 vol. petit in-12, portr. mar. r. fil. dos orné,
tr. dor. (*Rel. anc.*)

62. Les Philippiques, odes, par La Grange-Chan-
cel ; avec des notes historiques, critiques et
littéraires. *A Paris, l'an VI de la liberté*, 1795,
in-18, mar. vert, dos orné, dent. tr. dor. (*Bozérian.*)

> Bel exemplaire en grand papier vélin, jolie reliure
> Cette édition n'a été tirée qu'à 200 exemplaires.

63. La Henriade, poème par Voltaire. Édition
dédiée à S. A. R. Monsieur. *A Paris, de l'imprimerie et fonderie de Pierre Didot l'aîné*, 1819,
in-folio, portrait, mar. rouge, dos orné, fil.
doublé de tabis, dent. int. tr. dor. étui. (*Capé.*)

64. La Pucelle d'Orléans, poème en vingt-un
chants (par Voltaire), avec des notes, auquel
on a joint plusieurs pièces qui y ont rapport.
Londres (Cazin), 1780, 2 parties en 1 vol. pet.
in-12, fig. et vign. mar. vert, pet. fers, dos
orné, dent. int. tr. dor. (*Hardy.*)

> Charmante édition, ornée de jolies vignettes de Du-
> plessis-Bertaux, en tête de chaque chant.

65. LA PUCELLE D'ORLEANS, poème en vingt et
un chants (par Voltaire), avec des notes, auquel on a joint plusieurs pièces qui y ont rapport. *Londres (Paris, Cazin)*, 1780, 2 vol. in-18,
tirés pet. in-8, 21 vignettes de Duplessis-Ber-
taux, cart. NON ROGNÉS.

> Très bel exemplaire en grand papier.
> Rare en pareille condition.

66. La Pucelle d'Orléans, poème en vingt-un
chants, par Voltaire. *Paris (imprimerie Crapelet), an VII*, 2 vol. in-8, fig. de Marillier,
Monnet, Monsiau, Le Barbier, etc., demi-rel.
chagr. r. tête dor. éb. (*Initiales sur les plats.*)

67. Le Pucelage nageur, conte en vers (par
Cailhava d'Estendoux). *S. l. n. d. (Paris*, 1766).

in-8, titre gravé, mar. r. fil. dent. int. tr. dor.

Petit poème libre, dans le genre de ceux de Voisenon
ou de Grécourt. Il est de la plus grande rareté.
Bel exemplaire.

68. L'Hôpital des fous, traduit de l'anglois (de
G. Walsh, par de La Flotte). *Paris, Séb. Jorry*,
1765, in-8, pap. de Holl. fig. vign. et culs-de-
lampe d'Eisen, mar. r. fil. dos orné, dent. int.
tr. dor. (*Chambolle-Duru.*)

69. Le Jugement de Pâris, poème en IV chants,
suivi d'œuvres mêlées, par M. Imbert. *Amsterdam*, 1774, in-8, demi-rel. veau, tr. r.

Volume orné d'un joli frontispice, de 4 gravures d'a-
près Moreau et de 4 fleurons par Choffard.

70. Idylles, par M. Berquin. *Paris, Ruault*, 1775,
2 vol. in-16, frontisp. et fig. de Marillier. —
Romances, par M. Berquin. *Paris, Ruault*, 1776,
in-16, frontisp. et fig. de Marillier. — Ensemble
3 vol. veau éc. fil. dos orné, tr. dor. (*Rel.
anc.*)

Belles épreuves des figures.

2. FABLES ET CONTES EN VERS. — CHANSONS

71. Fables de La Fontaine. Imprimé par ordre du
roi pour l'éducation de Monseigneur le Dauphin. *Paris, de l'imprimerie de Didot l'aîné*, 1788,
in-4, mar. r. dent. int. tr. dor. (*Rel. anc.*)

72. Fables de La Fontaine illustrées par J.-J.
Grandville, nouvelle édition. *Paris, H. Four-
nier aîné*, 1842, 2 vol. in-8, fig. mar. bleu, dos
orné, fil. et petits fers sur les plats, dent. int.
tr. dor. (*Capé*.)

> Exemplaire avec les figures tirées sur chine.

73. ESSAI DE FABLES NOUVELLES dédiées au
roi, suivies de poésies diverses et d'une épître
sur les progrès de l'imprimerie, par Didot fils
aîné. *A Paris, imprimé par François-Amb. Didot l'aîné*, 1786, in-12, mar. rouge, dos orné,
encad. de fil. et de dent. sur les plats, doublé
de tabis, dent. int. tr. dor. (*Reliure signée : Derome le jeune.*)

> Exemplaire sur peau de vélin.
> Charmante reliure.

74. Recueil des meilleurs contes en vers. *Londres
(Paris, Cazin)*, 1778, 4 vol. in-18, mar. bleu fil.
à fr. dent. int. tr. dor. (*Capé*.)

> Ouvrage orné de 1 portrait de La Fontaine et de 116 vi-
> gnettes ravissantes non signées, attribuées à Duples-
> sis-Bertaux. Le titre des deux premiers volumes porte :
> *Contes et Nouvelles en vers*, par M. de La Fontaine
> (ils renferment 64 vignettes). Le troisième a pour titre :
> *Contes et Nouvelles en vers*, par MM. Voltaire, Vergier,
> Senecé, Perrault, Moncrif et Ducerceau (21 vignettes).
> Le quatrième a pour titre : *Contes et Nouvelles en vers*,
> par MM. Grécourt, Autereau, Saint-Lambert, Champ-
> fort, Piron, Dorat, de La Monnoye et François de
> Neufchâteau (il a 28 vignettes).

75. Contes et Nouvelles en vers de M. de La Fon-

taine, nouvelle édition, corrigée, augmentée
et enrichie de tailles-douces. *A Amsterdam,
chez Pierre Brunel,* 1685, 2 vol. in-12, mar. r.
fil. dos orné, dent. int. tr. dor. (*David.*)

Exemplaire avec les figures de Romain de Hooge.

76. CONTES ET NOUVELLES, en vers, par M. de
La Fontaine. *Amsterdam (Paris),* 1762, 2 vol.
in-8, portraits, figures et culs-de-lampe, mar. r.
fil. dos orné, dent. int. tr. dor. (*Chambolle-
Duru.*)

Édition dite *des Fermiers généraux,* illustrée de belles
figures d'Eisen et de jolis fleurons et culs-de-lampe,
par Choffard.
Bel exemplaire.

77. Recueil dit de Maurepas, pièces libres, chansons, épigrammes et autres vers satiriques sur
divers personnages des siècles de Louis XIV et
Louis XV, accompagnés de remarques curieuses du temps ; publiés pour la première
fois, d'après les manuscrits de la Bibliothèque
nationale, à Paris, avec des notices, des tables,
etc. *Leyde,* 1865, 6 vol. in-18, veau bleu, dos
orné, orn. sur les plats, dent. int. tr. dor. (*Cuzin.*)

L'un des quatre exemplaires sur papier de Chine.

78. Anacréon en belle humeur, ou la Veillée de
Vénus, ou le plus joli chansonnier français. *A
Paris, chez Desnos, s. d.,* 4 part. en 1 vol. in-18,
fig. mar. bl. fil. pet. fers, dos orné, dent. int.
tr. dor. (*Petit.*)

79. CHANTS ET CHANSONS POPULAIRES de la France. *Paris, H.-L. Delloye,* 1843, 3 vol. gr. in-8, mar. grenat jans. dos orné, large dent. int. tête dor. non rog. (*Bound by Zaehnsdorf.*)

Bel exemplaire du premier tirage, bien complet, des titres, tables et introductions.

3. POÉSIES EN PATOIS

80. Las Bucolicos de Birgilo, tournados en bers agencz per Guillaumes Delprat. Dambelou Lati à coustat, per fa beire la fidelitat de la traduction. *A Agen, chez Timotheo Gayau,* 1696. *Dan Permission,* pet. in-8, de 55 pp. mar. bl. fil. dent. dos orné, dent. int. tr. dor. (*Trautz-Bauzonnet.*)

81. Recueil de poètes gascons, contenant les œuvres de Pierre Goudelin de Toulouse, avec le dictionnaire de la langue toulousaine. Du sieur Lé Sage, de Montpellier, et du sieur Michel de Nîmes. *Amsterdam, Daniel Pain,* 1700, 3 parties en 2 vol. in-12, portraits, mar. vert, dos orné, enc. sur les plats, dent. int. tr. dor. (*Niedrée.*)

82. Le Triomphe de l'Eglantine avec les pièces gasconnes qui ont été récitées dans l'Académie des Jeux floraux les années précédentes, par M. Dominique Du Gay de Lavardens. *A Toulouse, chez Ant. Colomiez,* 1693, pet. in-8 de 39 pp. demi-rel. mar. vert. (*Capé.*)

III. POÉSIE DRAMATIQUE

83. Galerie historique des portraits des comé-
diens de la troupe de Molière, gravés à l'eau-
forte, sur des documents authentiques, par
Frédéric Hillemacher, avec des détails biogra-
phiques succincts, relatifs à chacun d'eux, dédiée à la Comédie françoise. *Lyon, imprimerie de
Louis Perrin,* 1858, in-8, pap. vergé teinté, mar.
rouge, dos orné, fil. dent. int. tr. dor. (*Capé.*)

> Imprimé à cent exemplaires.

84. LE THÉATRE DE P. CORNEILLE. Reveu et
corrigé par l'autheur. *A Rouen, et se trouve à
Paris, chez Thomas Jolly,* 1664, 3 vol. in-8, frontisp. et figures, mar. rouge, dos orné, fil. dent.
int. tr. dor. (*Hardy-Mennil.*)

85. OEuvres de P. Corneille, nouvelle édition…
par M. Ch. Marty-Laveaux. *Paris, Hachette et
Cie,* 1862-1868, 12 vol. in-8 et album, demi-rel.
dos et coins de mar. bleu, tête dor. non rog.
(*Closs.*)

> De la Collection des grands écrivains de la France.—
> Exemplaire en grand papier.

86. LES OEUVRES DE MONSIEUR DE MOLIÈRE.
Reveues, corrigées et augmentées. Enrichies de
Figures en taille-douce. *A Paris, chez Denys*

Thierry, Claude Barbin et Pierre Trabouillet,
1682, 8 vol. in-12, fig. mar. rouge jans. dent.
int. tr. dor. (*David.*)

> Exemplaire grand de marges. Première édition des
> œuvres complètes, publiée par les comédiens Vinot et
> Lagrange.

87. Les Œuvres de Monsieur de Molière, nouvelle
édition, revue, corrigée et augmentée d'une
nouvelle Vie de l'auteur et de la Princesse
d'Élide, tout en vers, telle qu'elle se jouë à
présent, imprimée pour la première fois, ornée
de très belles figures gravées d'après celles de
l'édition de Paris in-4. *A Amsterdam, chez Wet-*
stein et Smith, 1741, 4 vol. in-12, portr. et fig.
par Punt, mar. r. fil. dos orné, dent. int. tr.
dor. (*Chambolle-Duru.*)

> Bel exemplaire aux armes du comte Joseph de La-
> gondie.

88. ŒUVRES DE MOLIÈRE, avec un commentaire, un discours préliminaire et une vie de
Molière, par M. Auger. *A Paris, chez Th. De-*
soer, 1819-1825, 9 vol. gr. in-8, fig. demi-rel.
dos et coins de mar. violet, tête dor. éb. (*Kœhler.*)

> Magnifique exemplaire en GRAND PAPIER VÉLIN. On y
> a ajouté : la 2e suite de MOREAU pour l'édition de Re-
> nouard *avant la lettre,* toutes marges ; la suite de DE-
> SENNE *avant la lettre,* et la suite d'HORACE VERNET
> *avant la lettre.*

89. Œuvres de Racine. *Paris, chez Denys Thier-*
ry, 1697, 2 vol. in-12, frontisp. et fig. de Chau-

veau, mar. bleu, dos orné, fil. dent. int. tr.
dor. (*Cuzin.*)

Édition rare et estimée, la dernière donnée du vivant
de Racine, et la première contenant *Esther et Athalie.*

90. Théâtre complet de Jean Racine, orné de cin-
quante-sept gravures d'après les compositions
de Girodet, Gérard, Chaudet, Prud'hon, Taunay
et autres. *Paris, de l'imprimerie de P. Didot
l'aîné*, 1816, 3 vol. in-8, fig. mar. rouge, dos
orné, fil. dent. int. tr. dor. (*Capé.*)

Bel exemplaire en grand papier. avec les *figures
avant la lettre.*

91. Athalie, tragédie tirée de l'Écriture sainte
(par J. Racine). *A Paris, chez Denys Thierry,
rue Saint - Jacques, à la Ville de Paris,*
M.DC.XCI. *Avec privilège du Roy*, in-4, fig.
6 ff. prélim. et 87 pp. mar. r. jans. tr. dor.
(*Allô.*)

Édition originale.

92. Les OEuvres de Mr Regnard. *A Paris, chez
Pierre Ribou, quay des Augustins, à la descente
du Pont-Neuf, à l'image Saint-Louis*, M.DCCVIII,
2 vol. in-12, fig. mar. rouge, dos orné, fil. dent.
int. tr. dor. (*Hardy-Mennil.*)

Édition originale, bel exemplaire. On y a ajouté : Le
Légataire universel, comédie. *A Paris, chez Pierre Ri-
bou*, 1708, in-12, fig. — La Critique du Légataire. *A
Paris, chez Pierre Ribou*, 1708, in-12.

93. La Folle Journée, ou le Mariage de Figaro,
comédie en cinq actes, en prose, par M. de
Beaumarchais. *De l'imprimerie de la Société littéraire typographique, et se trouve à Paris, chez
Ruault*, 1785, gr. in-8, 5 fig. par Saint-Quentin,
mar. r. jans. dent. int. tr. dor. (*Chambolle-
Duru.*)

> Bel exemplaire. Avec l'errata.

IV. ROMANS ET CONTES

1. ROMANS GRECS. — ROMANS DE CHEVALERIE
ROMANS EN PROSE POÉTIQUE
ROMANS DE DIVERS GENRES. — CONTES ET NOUVELLES

94. Les Amours pastorales de Daphnis et Chloé
(par Longus), *s. l.* (*Paris*), 1745, pet. in-8, fig.
mar. rouge, dos orné à petits fers, fil. tr. dor.
(*Rel. anc.*)

> Cette édition contient les figures du Régent, gravées
> par Audran.

95. Les Amours pastorales de Daphnis et de
Chloé, par Longus, double traduction du grec
en françois, de M. Amyot, et d'un anonime (le
Camus), mises en parallèle. *Paris, imprimé
pour les curieux*, 1757, in-4, front. et fig. du
régent Philippe d'Orléans, grav. par B. Audran,
v. éc. fil. dos orné, tr. dor. (*Rel. anc.*)

> Bel exemplaire en grand papier, très rare, auquel on

a joint un portrait du Régent, un portrait d'Audran et un portrait d'Amyot, plus la gravure des Petits Pieds.

Dans cette édition, les figures sont entourées d'ornements gravés par L. Focke, qui a aussi gravé les charmants fleurons d'Eisen, qui se trouvent en tête de chaque livre. Ces fleurons sont répétés deux fois chacun, en regard l'un de l'autre, en tête de tous les livres, dans les deux textes.

Très belles épreuves.

96. La Comtesse de Ponthieu, roman de chevalerie inédit, publié avec introduction et traduction par Alfred Delvau (tiré d'un manuscrit du xiiie siècle, appartenant à la Bibliothèque nationale). *Paris, Bachelin-Deflorenne*, 1865, in-8, chagrin rouge, dos orné, fil. à fr. non rog.

Exemplaire sur PEAU DE VÉLIN.

97. LES AVANTURES DE TELEMAQUE, fils d'Ulysse, par feu messire François de Salignac de La Motte Fenelon. Première édition conforme au manuscrit original. *A Paris, chez Florentin Delaulne*, 1717, 2 vol. in-12, portr. et fig. veau fauve, fil. dos orné, tr. dor. (*Rel. anc.*)

Exemplaire grand de marges et très pur, provenant de la bibliothèque de M. Ambr. Firmin-Didot.

98. Les Avantures de Telemaque, fils d'Ulysse, par Fenelon, nouvelle édition conforme au manuscrit original et enrichie de figures en taille-douce. *Amsterdam, chez Wetstein et Smith*, 1734, in-4, portr. et fig. v. porph. fil. dos orné. (*Rel. anc.*)

Belle édition ornée d'un frontispice, par B. Picart,

et de 24 figures, par B. Picart, Dubourg, Debrie, gravées par Folkema, Surugue, Gunst, Bernard, etc.

Exemplaire auquel on a ajouté un portrait du duc de Bourgogne, en bonne épreuve.

99. Les Aventures de Télémaque, fils d'Ulysse, par M. de Fénelon. Imprimé par ordre du Roi pour l'éducation de Monseigneur le Dauphin. *Paris, de l'imprimerie de Franç.-Ambr. Didot l'aîné*, 1783, 2 vol. in-4, mar. r. fil. dent. sur les pl. dos orné, dent. [int. tr. dor. (*Rel. anc.*)

100. Les Aventures de Télémaque, fils d'Ulysse, par François Salignac de La Mothe Fénelon. Nouvelle édition ornée de gravures. *Paris, de l'imprimerie de P. Didot l'aîné, an IV* (1796), 4 vol. in-18, portr. et fig. de Queverdo, mar. r. tr. dor. (*Rel. anc.*)

101. LE TEMPLE DE GNIDE (par De Montesquieu). Nouvelle édition, avec figures gravées par N. Le Mire, d'après les dessins de Ch. Eisen. Le texte gravé par Drouët. *Paris, chez Le Mire, graveur, avec privilège du Roi*, 1772, gr. in-8, fig. mar. bleu, dos orné, fil. dent. int. tr. dor. (*A. Motte.*)

Très bel exemplaire.

102. Le Temple de Gnide, poème, imité de Montesquieu, par M. Léonard, nouvelle édition, ornée de figures en taille-douce et augmentée de l'Amour vengé. *Paris, Dufour*, 1773, in-8,

fig. mar. rouge, dos orné, petits fers sur les plats, dent. int. tr. dor. (*A. Bertrand.*)

Bel exemplaire, orné de 1 frontispice et 11 figures, par Desrais, gravées par Demonchy, Levillain et Patas.

103. Ollivier, poème, par M. Cazotte, par ordre de Monseigneur le comte d'Artois. *A Paris, de l'imprimerie de Didot l'aîné*, 1780, 2 vol. in-18, mar. vert, fil. dos orné, tr. dor. (*Rel. anc.*)

104. ŒUVRES DE MAITRE FRANÇOIS RABELAIS, avec des remarques historiques et critiques de M. Le Duchat. Nouvelle édition, ornée de figures de B. Picart, etc., augmentée de quantité de nouvelles Remarques de M. Le Duchat, de celles de l'édition angloise des Œuvres de Rabelais, de ses Lettres et de plusieurs pièces curieuses et intéressantes. *A Amsterdam, chez Jean-Frédéric Bernard*, 1741, 3 vol. in-4, fig. mar. La Val. dos orné, fil. dent. int. tr. dor. (*E. Thomas.*)

105. Memoires de Hollande. *Suivant la copie imprimée à Paris, chez Estienne Michallet*, 1678, in-16, mar. r. fil. dos orné, dent. int. tr. dor. (*Cuzin.*)

Bel exemplaire. Aux armes du comte Joseph de Lagondie.

106. La Saxe galante (par le baron de Poellnitz). *Amsterdam, aux dépens de la Compagnie*, 1734,

pet. in-8, titre rouge, mar. orange, fil. dos orné, dent. int. tr. dor. (*Hardy-Mennil.*)

Bel exemplaire. Aux armes du prince d'Essling-Masséna.

107. Germaine de Foix, reine d'Espagne. Nouvelle historique (par Nic. Baudot de Juilly). *A Paris, chez Guill. de Luyne et J.-B. Langlois,* 1701, in-12, mar. vert, fil. dos orné, tr. dor. (*Rel. anc.*).

108. Les Dernières Amours de Louis quatorze, dit le Grand, avec mademoiselle Dutron, nièce de M. Bontemps. Comédie turque. *S. l.,* 1711, in-4, vélin.

Manuscrit du commencement du xviiie siècle, contenant 271 pages. Roman en forme de dialogue ou de comédie, que l'on peut regarder comme œuvre inédite, car l'impression qui en a été faite dans les *Mélanges* de Boisjourdain est tout à fait tronquée et remplie de changements. Il en est de même de l'édition publiée à Rotterdam, à la fin du xviie siècle, petit in-12 de 192 pages, et de celle qui a pour titre *Nouvelles Amours de Louis XIV*, petit in-12 de 16 pages, imprimée en Hollande, mais avec la rubrique : *Paris, Antoine Brunet,* 1696.

Ce livre provient de la Bibliothèque de Pixerécourt avec son *ex libris*.

109. HISTOIRE DU CHEVALIER DES GRIEUX, ET DE MANON LESCAUT (par l'abbé Prévost). *A Amsterdam, aux dépens de la Compagnie,* 1753, 2 vol. in-12, fig. de Pasquier et Gravelot, mar.

r. fil. dos orné, dent. int. tr. dor. (*Hardy-Mennil.*)

Bel exemplaire de l'édition la plus recherchée, qui a fixé le texte définitif.

110. Mémoires pour servir à l'histoire de la vertu, extraits du journal d'une dame (composés par l'abbé A.-F. Prévost). *A Cologne (Paris, Saillant, Desaint)*, 1762-67, 6 vol. in-12, mar. r. fil. dos orné, dent. int. tr. dor. (*Chambolle-Duru.*)

111. Les Étrennes de la Saint-Jean (par le comte de Caylus et autres). Seconde édition, revue, corrigée et augmentée par les auteurs de plusieurs Morceaux d'esprit. *A Troyes, chez la veuve Oudot*, 1742, in-12, front. mar. vert, fil. dos orné, tr. dor. (*Rel. anc.*)

Exemplaire en grand papier.

112. OEuvres choisies de Mme de Grafigny ; augmentées des lettres d'Aza. *A Londres (Cazin)*, 1783, 2 vol. in-16, portr. mar. r. fil. dos orné, tr. dor. (*Rel. anc.*)

113. La Doctrine des Amans ou le Catéchisme d'amour, où sont enseignés les principaux Mystères de l'Amour et le Devoir d'un véritable amant. *Sur toute la terre par le privilège exclusif.* Ite Rt (*sic*) multiplicamini. *S. d.*, in-12 de 14 pp. — La Messe de Gnide (par Griffet de La Baume). *A Paris, chez les marchands de nouveautés, l'an deuxième de la République Française une et indi-*

visible. Ens. 1 vol. in-12 mar. r. fil. dos orné, dent. int. non rog. (*Chambolle-Duru.*)

> On a ajouté à la fin un fragment de volume : *Sermon préché à Gnide, à la cérémonie du Mai, par le berger Sylvain.*

114. Contes et nouvelles de Marguerite de Valois, reine de Navarre, mis en beau langage, accomodé au goût de ce temps : et enrichis de figures en taille-douce. *Amsterdam, chez George Gallet,* 1708, 2 vol. in-12, fig. mar. rouge, dos orné, fil. tr. dor.

> Ouvrage orné d'un frontispice par Harrewyn, et 72 figures à mi-page par Romain de Hooge et Harrewyn, non signées.

115. HEPTAMÉRON FRANÇOIS. Les Nouvelles de Marguerite, reine de Navarre. *Berne, chez la Nouvelle Société typographique,* 1792, 3 vol. in-8, fig. de Freudenberg, front. gravés, vignettes et culs-de-lampe par Duncker, mar. r. fil. dos orné, dent. int. tr. dor. (*Chambolle-Duru.*)

> Bel exemplaire en papier fort, avec les jolies figures de Freudenberg et les gracieux fleurons et culs-de-lampe de Duncker.
>
> Belles épreuves des figures. Riche reliure. Les plats des volumes sont ornés des armes de Marguerite, et les dos de son chiffre.

116. Le Moyen de parvenir (par Béroalde de Verville), œuvre contenant la raison de tout ce qui a été, est, et sera, avec démonstrations certaines et nécessaires, selon la rencontre des éfets de vertu. Et aviendra que ceux qui auront nez

à porter lunettes s'en serviront, ainsi qu'il est
écrit au dictionnaire à dormir en toutes langues,
S. recensuit sapiens ab A, ad Z. *Nunc ipsa
vocat res; hac iter est*, Aeneid. IX, 320. *Imprimé
cette année (Hollande)*, pet. in-12, de 448 pp.
mar. rouge, dos orné, fil. dent. int. tr. dor. (*Bauzonnet.*)

> Édition que l'on ajoute à la collection des Elseviers.
> Exemplaire aux armes de M. le comte Joseph de La-
> gondie.
> De la bibliothèque de M. Quentin-Bauchard.

117. L'Académie des Dames, ou les Sept Entretiens d'Alosia. *A Venise (Hollande), chez Pierre
Arretin, s. d.*, petit in-12 de 321 pp. mar. verl,
fil. à fr. dent. int. tr. dor. (*Duru.*)

> Livre rare. Ouvrage traduit du latin de Nic. Chorier,
> intitulé « *Joannis Meursii elegantiae latini sermonis*, »
> par l'avocat Nicolas.

2. ROMANS ITALIENS, ESPAGNOLS, ALLEMANDS
ET ANGLAIS

118. Il Decameron di messer Giovanni Boccacc
Cittadino Fiorentino, Si come lo diedero alle
stampe gli SS^ri Giunti l'anno 1527. *In Amsterda-
mo (Elzevier)*, 1665, in-12, mar. r. fil. dos orné,
tr. dor. (*Rel. anc.*)

> Bel exemplaire, grand de marges, de cette charmante
> édition elzévirienne. Reliure ancienne bien conservée.

119. LE DÉCAMERON DE JEAN BOCCACE.
Londres (Paris), 1757-1761, 5 vol. in-8, mar. r.
fil. dos orné, tr. dor. (*Rel. anc.*)

> Cette édition renferme 116 planches et autant de
> vignettes d'après les dessins de Gravelot, Boucher,
> Eisen et Cochin. Très belles épreuves.

120. Les Principales Avantures de l'admirable
Don Quichotte, représentées en figures par
Coypel, Picart le Romain, et autres habiles
maîtres, avec les explications des XXXI planches de cette magnifique collection, tirées de
l'original espagnol de Miguel de Cervantès. *A
la Haye, chés Pierre de Hondt*, 1746, in-4, fig.
veau marb. tr. rouges.

> Ouvrage orné d'un fleuron sur le titre et une vignette
> par J.-V. Schley, en tête de la dédicace au Prince Royal
> de Pologne, et 31 figures par Boucher, Cochin, Coypel,
> Lebas, Picart et Tresmolières, gravées par Fokke,
> Picart, V. Schley et Tanjé.
> Superbes illustrations.

121. L'Algovasil bvrlesqve, imité des visions de
Don Francisco de Queuedo Villegas, cheualier
espagnol. Accompagné dv lardin bvrlesqve, et
avtres pieces particvlieres de l'autheur, par le
sieur de Bovrnevf. *A Paris, chez Ant. de Som-
maville*, 1657, pet. in-8, mar. bl. fil. dos orné,
dent. int. tr. dor. (*David.*)

> Bel exemplaire.

122. Les Souffrances du jeune Werther, par
Goëthe, traduites par le comte Henri de La

B... (de La Bédoyère), seconde édition. *Paris,
de l'imprimerie de Crapelet*, 1845, in-8, gr. pap.
vélin, fig. demi-rel., dos et coins de mar.
rouge, dos orné, fil. tête dor. non rog. (*Allô*).

Bel exemplaire orné de 4 figures de T. Johannot, et
3 de MOREAU *avant lettre*.

123. LA VIE ET LES AVANTURES DE ROBIN-
SON CRUSOE, par Daniel De Foë. Ancienne
traduction revue et corrigée sur la belle édition donnée par Stockdale en 1790, augmentée
de la vie de l'auteur, qui n'avoit pas encore
paru. Édition ornée de 19 gravures d'après les
dessins originaux, d'une carte géographique et
accompagnée d'un vocabulaire de marine.
Paris, Veuve Panckoucke, an VIII (1800), 3 vol.
in-8, fig. par Delignon, d'après les dessins originaux de Stothart, mar. vert, dos orné, fil.
dent. int. tr. dor. (*David.*)

Bel exemplaire orné de trois titres gravés avec fleurons variés. — Deux portraits de Daniel de Foë, gravés
par Delvaux, et une double suite de figures AVANT ET
AVEC LETTRE par Stothart, gravées par Delvaux.

124. Voyages de Gulliver (traduit de l'anglois de
Swift, par l'abbé Desfontaines). *A Paris, chés
Gab. Martin*, 1727, 2 vol. in-12. — Le Nouveau
Gulliver, ou Voyage de Jean Gulliver, fils du
capitaine Gulliver. Traduit d'un manuscrit
anglais, par M. L. D. F. (composé par l'abbé
Desfontaines). *A Paris, chez la veuve Clouzier...
et François Le Breton...*, 1730, 2 vol. in-12.

Ensemble 4 vol. in-12, fig. mar. r. jans. dent. int. tr. dor. (*Allô.*)

Bel exemplaire, de l'édition originale.

125. Voyages de Gulliver (trad. de l'abbé Desfontaines). *Paris, de l'imprimerie de P. Didot l'aîné,* 1797, 4 part. en 2 vol. in-18, mar. rouge, dos orné, fil. tr. dor. (*Rel. anc.*)

Exemplaire sur papier vélin, avec 10 jolies figures de Lefebvre, gravées par Masquelier.

V. PHILOLOGIE

126. Apologie pour Hérodote, ou Traité de la conformité des merveilles anciennes avec les modernes, par Henri Estienne. Nouvelle édition, faite sur la première, augmentée de tout ce que les postérieures ont de curieux, et de remarques par M. Le Duchat, avec une Table alphabétique des matières. *A La Haye, chez Henri Scheurleer,* 1735, 3 vol. in-12, fig. mar. r. fil. dos orné, dent. int. tr. dor. (*Hardy-Mennil.*)

127. L'Éloge de la Folie, traduit du latin d'Erasme par M. Gueudeville. Nouvelle édition revue et corrigée sur le texte de l'édition de Basle, ornée de nouvelles figures, avec des notes (par Meunier de Querlon). *S. l. (Paris),* 1751, in-4, fig. veau porph, dos orné, fil. tr. dor.

Exemplaire en grand papier orné d'un frontispice

d'Eisen avec encadrement, gravé sous la direction de
Le Bas par Martinasie, 1 fleuron sur le titre, 13 estam-
pes, 1 vignette et 1 cul-de-lampe par Eisen, gravés par
Aliamet, Le Mire, Tardieu et autres.

128. Éloge de l'Enfer, ouvrage critique, historique et moral (par Bénard). *A La Haye, chez
Pierre Gosse junior*, 1759, 2 vol. in-12, fig. mar.
rouge jans. dent. int. tr. dor. (*Chambolle-
Duru.*)

> Bel exemplaire en grand papier.

129. Menagiana, ou Bons Mots, rencontres agréa-
bles, pensées judicieuses, et observations curieuses de M. Menage. Troisième édition,
augmentée. *A Amsterdam, chez Pierre de Coup,*
1713-1716, 4 vol. in-12, mar. r. fil. dos orné,
dent. int. tr. dor. (*Allô.*)

VI. ÉPISTOLAIRES, — POLYGRAPHES

130. Lettres de Ninon de Lenclos au marquis de
Sévigné, avec sa vie. Nouvelle édition. *A Paris,
chez Bleuet jeune, an VI,* 1798, 2 vol. in-18, portr.
mar. r. dos orné au pointillé, dent. sur les pl.
tabis, tr. dor. (*Rel. anc.*)

> Bel exemplaire, portrait gravé par Dambrun, d'après
> Ferdinand.

131. Lucien, de la traduction de N. Perrot, S^r
d'Ablancourt. Nouvelle édition reveuë et corri-

gée. *A Paris, chez Pierre Traboüillel*, 1688, 3 vol. in-12, mar. r. fil. dos orné, tr. dor. (*Rel. anc.*)

132. M. TVLLII CICERONIS Opera, cum optimis exemplaribus accurate collata. *Lvgd. Batavo-rvm, ex officina Elzeviriana*, 1642, 10 tomes en 8 vol. pet. in-12, titre et portr. gravés, mar. bleu, fil. à fr. tr. dor. (*Rel. anc.*)

133. Les Œuvres diverses du sieur de Balzac. *A Leide et à Amsterdam, chez les Elseviers*, 1651-1664, 6 vol. pet. in-12, mar. rouge jans. dent. int. tr. dor. (*Chambolle-Duru.*)

Œuvres diverses, 1651. — Lettres choisies, 1652. — Lettres familières, 1656. — Aristippe, 1658. — Les Entretiens, 1663. — Lettres à Conrart, 1664.
Bel exemplaire.

134. Œuvres de M. l'abbé de Saint-Réal, nou-velle édition, revue, corrigée et augmentée d'un volume. Enrichie de figures en taille-douce et de vignettes. *Amsterdam, Franç. L'Ho-noré et fils*, 1740, 4 vol. in-12, fig. mar. rouge, dos orné, tr. dor. (*Rel. anc.*)

HISTOIRE

I. HISTOIRE UNIVERSELLE
HISTOIRE DES RELIGIONS — HISTOIRE
ROMAINE

ISCOURS sur l'Histoire universelle à
Monseigneur le Dauphin : Pour ex-
pliquer la suite de la Religion et les
changemens des Empires. Par mes-
sire Jacques-Benigne Bossuet. Troisième édition reveuë par l'auteur. *A Paris, chez Michel
David*, 1703, in-12, mar. r. fil. dos orné, dent.
int. tr. dor. (*Thibaron-Echaubard.*)

Bel exemplaire.

136. Discours sur l'Histoire universelle, par
M. Bossuet, depuis le commencement du monde
jusqu'à l'empire de Charlemagne. Imprimé par
ordre du Roi pour l'éducation de Monseigneur
le Dauphin. *Paris, de l'imprimerie de Didot l'aîné,*

1784, in-4, mar. r. dent. int. tr. dor. (*Rel. anc.*)

137. Les Grâces (recueil publié par Meunier de Querlon; précédé d'une dissertation par l'abbé Massieu et suivi d'un discours par le P. André). *Paris, chez Laurent Prault*, 1769, in-8, figures de Moreau, veau porph. fil.

> Volume orné de 6 charmantes figures, dont 5 par Moreau et 1 par Boucher, et d'un joli titre gravé par Moreau.

138. Histoire des Juifs, écrite par Flavius Josèphe, sous le titre de Antiquitez judaïques, traduite sur l'original grec revû sur divers manuscrits, par M. Arnauld d'Andilly. Nouvelle édition, enrichie d'un grand nombre de figures en taille-douce, et augmentée de plusieurs nouvelles planches qui manquoient aux precedentes editions, concernant les anciennes cérémonies des juifs. *Bruxelles, E.-H. Fricx*, 1701-1703, 5 vol. in-8, front. gravé, fig. dans le texte, mar. vert, fil. à fr. dent. int. tr. dor. (*Duru.*)

> Très bel exemplaire auquel on a ajouté une lettre autographe signée, d'Arnaud d'Andilly.

139. Romanorvm Imperatorvm effigies. Elogijs, ex diversis scriptoribus, per Thomam Treteru S. Mariae. Transtyberim canonicum collectis illustratae. Opera et studio Io. Bap. de Cauallerijs aeneis tabulis incisae. *Romae, apud Vincentium Accoltum*, 1583, in-8, front. gr. et

lig. mar. olive, fil. dos orné, tr. dor. (*Rel. anc.*)

Bel exemplaire orné de 157 portraits.

140. Des Chroniques et gestes admirables des empereurs, avec les effigies d'iceux. Mises en françoys, avec un Indice pour plus facillement trouuer le nom desdits empereurs, par Gueroult. *A Lyon, chez Balthasar Arnoullet,* 1552, 2 tomes en 1 vol. petit in-4, figures en bois, mar. ol. fil. enc. dos orné de fleurs de lis, tr. dor. (*Rel. anc.*)

Exemplaire aux armes de Louis XIV.

141. Considérations sur les causes de la grandeur des Romains et de leur décadence (par Montesquieu). *Amsterdam, Jacques Desbordes,* 1734, pet. in-8, v. f. fil. dos orné, dent. int. (*Petit.*)

Édition originale. Bel exemplaire avec *ex libris* de J. Janin.

142. Discours sur le gouvernement, par Algernon Sidney, fils de Robert comte de Leicester, et ambassadeur de la République d'Angleterre près de Charles-Gustave, roi de Suède. Publiez sur l'original, manuscrit de l'auteur. Traduits de l'anglois, par P.-A. Samson. *A La Haye, chez Louis et Henri Van Dole,* 1702, 3 vol. in-12, portr. mar. r. fil. tr. dor. (*Derome.*)

Bel exemplaire.

II. HISTOIRE DE FRANCE

143. Les Augustes Représentations de tous les Roys de France, depuis Pharamond jusqu'à Louis XIV dit le Grand, à présent régnant 1679. Avec un abrégé historique sous chacun, par De L'Armessin. *Paris, chez la veuve P. Bertrand,* 1679, in-4, titre et portraits gravés par N. de L'Armessin, veau.

> Exemplaire auquel on a ajouté le portrait de Louis XV par Liotard et celui de Louis XVI par Marillier, gravé par Dupin.

144. Histoire de France avant Clovis, l'origine des François..., par le sieur de Mézeray, *Amsterdam, Abr. Wolfgang,* 1688, in-12. — Abrégé chronologique de l'histoire de France, par Mézeray, *Amsterd. Abr. Wolfgang,* 1673, 6 vol. in-12. — Ensemble 7 vol. front. et portr. mar. r. fil. dos orné, dent. int. tr. dor. (*Hardy.*)

> Bel exemplaire de la bonne édition.

145. Nouvel Abrégé chronologique de l'Histoire de France, contenant les évènemens de notre histoire depuis Clovis jusqu'à la mort de Louis XIV, les guerres, les batailles, les sièges, etc. (par le président Hénault). Nouvelle édition augmentée et ornée de vignettes et fleurons en taille-douce. *A Paris, de l'imprimerie de Prault,* 1768, 2 vol. in-4, v. éc. fil. dos orné tr. marb.

146. La France au temps des Croisades, ou Recher-
ches sur les mœurs et coutumes des Français
aux XII° et XIII° siècles, par M. le Vte de Vau-
blanc. *Paris, J. Techener,* 1844, 4 vol. in-8, pap.
vél. mar. bl. fil. dos orné, dent. int. tr. dor.
(*Trautz-Bauzonnet.*)

147. Les Mémoires de messire Philippe de Com-
mines, S^r d'Argenton. Dernière édition. *A Leide,
chez les Elzeviers,* 1648, pet. in-12, front. gravé,
mar. r. dos orné, tr. dor. (*Rel. anc.*)

148. Les Mémoires de messire Philippe de Com-
mines, sieur d'Argenton, dernière édition. *A
Paris, chez Estienne Loyson,* 1661, pet. in-12, veau
f. petits fers, dos orné, tr. dor. (*Rel. anc.*)

> Édition qui paraît avoir été faite sur celle des Elze-
> viers, car elle a un frontispice gravé, qui porte : « A Paris,
> sur l'imprimé à Leide, 1661. » Reliure ancienne bien con-
> servée. On a ajouté à la suite : Nouveau Recueil de pièces
> comiques et facécieuses les plus agréables et divertis-
> santes de ce temps. *Paris, chez Estienne Loyson,* 1661.
> 252 pp.

149. Mémoires de M. d'Artagnan, capitaine-lieu-
tenant de la première compagnie des Mous-
quetaires du Roi, contenant quantité de choses
particulières et secrettes, qui se sont passées
sous le regne de Louis le Grand. *A Cologne,
chez Pierre Marteau,* 1700, 3 vol. in-12, vélin,
tr. r. (*Thivet.*)

150. Mémoires de la Cour de France, pour les

années 1688 et 1689, par Madame la comtesse
de La Fayette. *Amsterdam, chez Bernard,* 1731,
in-12, front. gr. mar. r. fil. dos orné, dent. int.
tr. dor. (*Cuzin.*)

Édition originale.

151. MERCURE DE FRANCE, dédié au roy. —
1725 septembre, 1er volume. — 1726 janvier,
février, juin, 1er et 2e volumes et novembre.—
1727 janvier et juin, 2e volume. — Ensemble
8 vol. in-12, fig. mar. r. fil. dos orné, tr. dor.
(*Rel. anc. aux armes de Marie Leczinska, femme
de Louis XV.*)

152. Statuts, Ordonnances et Règlemens du corps
des marchands merciers, greffiers, joüailliers
de cette ville de Paris, accordez par les rois
Charles VI, Charles IX, Henry IV, Louis XIII et
Louis XIV. Imprimez de nouveau par l'ordre
des sieurs Marc-François Lay, grand-garde,
Alexandre-Amand Huet, Thomas Tesnière,
Jean Bicquet, Jean Vernay, Pierre Sautreau,
Jean Hebert, gardes en charge, auec plusieurs
arrests rendus en conséquence desdits Statuts
et Ordonnances. *A Paris,* 1722, in-4, réglé,
veau, fil. tr. dor. (*Aux armes de France.*)

153. Le Paradis délicievx de la Tovraine qvi com-
prend, dans vne briefve chronologie, ses raretez
admirables, particulièrement les archeuesques
de Tours, et autres choses remarquables, de-

puis le commencement du monde iusques à présent, etc... Le tout divisé en IV parterres, qui font IV parties, par le R. P. F. Martin Marteav de Saint-Gatien. *A Paris, chez Pierre Du Pont*, 1660, in-4, de 4 ff. prél. et de 96 pp. vélin. (*Rel. anc.*)

Ouvrage recherché et rare.